Je veux être le meilleur,
De tous les Dresseurs.
Sans aucun répit,
Je relèverai les défis!
Attrapez-les! Attrapez-les tous! Pokémon!
Je chercherai partout,
J'irai jusqu'au bout.
Je suis déterminé,
À tous les attraper!
Attrapez-les! Attrapez-les! Attrapez-les tous! Pokémon!
Y'en a plus de 150 que tu peux attraper.
Devenir Maître Pokémon,
C'est ma destinée!
Attrapez-les! Attrapez-les! Attrapez-les tous!
Attrapez-les tous! Pokémon!

Peux-tu nommer les 150 Pokémon?

Voici la suite du PokéRap.

Nosferapti, Colossinge, Miaouss, Onix,
Racaillou, Galopa, Magnéton, Ronflex,
Ectoplasma, Saquedeneu, Poissirène, Piafabec,
Smogogo, Otaria, Léviator, Flagadoss

Kabuto, Persian, Paras, Hypotrempe,
Rattatac, Magnéti, Kadabra, Boustiflor,
Métamorph, Crustabri, Chenipan, Sabelette,
Bulbizarre, Salamèche, Grolem, Pikachu.

Paroles et musique de la chanson originale :
Tamara Loeffler et John Siegler
© Tous droits réservés, 1999 Pikachu Music (BMI)
Droits internationaux de Pikachu Music administrés par Cherry River Music Co. (BMI)
Tous droits réservés   Utilisés avec permission

Psykokwak s'échappe

Catalogage avant publication de Bibliothèque et Archives Canada
Johnson, Jennifer L.
[Psyduck ducks out. Français]
Psykokwak s'échappe / adaptation de Jennifer Johnson ; texte
français du Groupe Syntagme.
(Pokémon)
Traduction de : Psyduck ducks out.
ISBN 978-1-4431-6059-9 (couverture souple)
I. Titre. II. Titre : Psyduck ducks out. Français
PZ23.J6314Ps 2017   j813'.54   C2017-901719-5

L'éditeur n'exerce aucun contrôle sur les sites Web de tiers et de l'auteure et ne saurait être
tenu responsable de leur contenu.

Ce livre est une œuvre de fiction. Les noms, personnages, lieux et incidents mentionnés
sont le fruit de l'imagination de l'auteure ou utilisés à titre fictif. Toute ressemblance avec
des personnes, vivantes ou non, ou avec des entreprises, des événements ou des lieux réels
est purement fortuite.

Édition publiée par les Éditions Scholastic, 604, rue King Ouest, Toronto (Ontario) M5V 1E1

5 4 3 2 1   Imprimé au Canada 121   17 18 19 20 21

MIXTE
Papier issu de
sources responsables
FSC® C004071

Adaptation de Jennifer Johnson
Texte français du Groupe Syntagme

SCHOLASTIC

Psykokwak,
je ne te choisis pas!

– Je crois qu'on a trouvé l'endroit parfait pour s'arrêter et camper pour la nuit, dit Ondine.

Elle jette un coup d'œil autour d'elle. Avec ses amis, Sacha et Pierre, elle a passé la journée à marcher dans la forêt avant d'arriver finalement à une clairière. Tout près, il y a un ruisseau et quelques arbres fruitiers.

– Est-ce qu'on est obligés de s'arrêter, Ondine? demande Sacha. Je voulais atteindre la prochaine ville avant la nuit. J'espérais pouvoir y affronter le Champion d'Arène et remporter un nouveau Badge.

– *Pika, pika,* proteste le Pikachu de Sacha.

– Peut-être qu'on pourrait se reposer un peu,

reconnaît Sacha.

Ondine sourit au petit Pokémon jaune. Pikachu a le don de toujours lui redonner le sourire. En plus, c'est un merveilleux compagnon de jeu pour son Togepi. Le bébé Pokémon a éclos il y a peu de temps, et il est encore si jeune que la moitié de sa coquille est toujours collée au bas de son corps. Togepi adore jouer avec Pikachu.

Ondine et ses amis commencent à monter leur campement.

– On est au beau milieu de nulle part, se plaint Sacha.

Ondine affiche un sourire forcé.

– Ne t'inquiète pas, Sacha. Nous repartirons de bonne heure, et qui sait, peut-être qu'on va trouver des Pokémon rares ici.

Ondine est habituée aux bougonnements de Sacha. Le jeune Dresseur est toujours à l'affût de Pokémon à capturer, et il déteste perdre son temps au milieu de nulle part.

Ondine connaît Sacha depuis un bon moment : elle le suit depuis qu'il a commencé son voyage de Dresseur Pokémon. Ensemble, ils ont vécu beaucoup d'aventures, et ils se sont fait de nouveaux amis, comme Pierre et Jacky, tous deux des garçons plus âgés qui avaient plein de bons conseils pour aider Sacha et Ondine à dresser leurs Pokémon. Ils sont aussi parvenus à attraper de nouveaux Pokémon. À présent, Ondine a dans son équipe Stari, Staross, Poissirène, Hypotrempe, Psykokwak et Togepi.

Sacha parcourt le monde afin d'attraper toutes sortes de Pokémon. Il rêve de devenir un Maître Pokémon. Ondine, elle, se spécialise dans les Pokémon de type Eau. Elle adore les voir flotter, nager et plonger. Elle les trouve aussi très mignons lorsqu'ils se dandinent sur la terre ferme!

– *Togi! Togi!* se plaint Togepi.

Son estomac gargouille.

– Tu as faim? lui demande Ondine.

Elle scrute la clairière et repère quelques pommes mûres et juteuses sur les branches d'un grand arbre. Comment pourrait-elle les cueillir? Une idée lui vient à

l'esprit : c'est un travail pour Stari! Stari est un Pokémon en forme d'étoile décoré d'un joyau rouge au centre. Avec ses bras pointus, Stari va peut-être pouvoir faire tomber quelques pommes.

Ondine fouille dans son sac à dos et en sort une Poké Ball blanc et rouge.

– Stari, je te choisis! lance Ondine.

Au lieu de Stari, un Pokémon orangé qui ressemble à un canard émerge de la Poké Ball.

– *Psy-ko... kwak,* croasse le Pokémon en s'approchant maladroitement d'Ondine.

– Psykokwak, grogne Ondine. Pas encore!

Sacha pouffe de rire.

– Tu as vraiment bien dressé Psykokwak, Ondine. Il connaît presque son nom maintenant!

Tous les Pokémon de type Eau d'Ondine sont forts et intelligents, sauf Psykokwak. Ce Pokémon passe son temps à s'égarer, le visage figé dans une expression vide. Même si Ondine sait que Psykokwak fait de gros efforts, il arrive souvent au Pokémon de l'exaspérer.

– Qu'est-ce que je vais bien pouvoir faire de Psykokwak, se plaint Ondine. Parfois, je me demande pourquoi je le garde avec moi!

– Psykokwak et toi avez surmonté beaucoup d'épreuves ensemble, lui rappelle Pierre.

– C'est vrai, ajoute Sacha. Psykokwak nous a même

déjà aidés à nous sortir de gros ennuis.

– Tu dois avoir raison, dit Ondine. Je vais aller voir s'il n'y a pas de fruit plus facile à attraper.

Ondine s'aventure plus loin dans les bois. Elle repense à tout ce que ses amis lui ont dit. Psykokwak et elle ont *vraiment* surmonté beaucoup d'épreuves ensemble. Psykokwak est parfois agaçant, mais il est aussi loyal. Ondine se rappelle même qu'elle n'a jamais vraiment *attrapé* Psykokwak. C'est Psykokwak qui l'avait attrapée, *elle*. Tout a commencé lorsqu'Ondine, Sacha et Pierre sont arrivés dans une nouvelle ville très étrange...

Hypnomade et Soporifik

– On peut à peine voir le ciel avec tous ces gros immeubles, dit Ondine.

Sacha, Pierre, Pikachu et elle viennent d'arriver dans une nouvelle ville. Elle ne sait pas pourquoi, mais cet endroit lui donne la chair de poule.

– Où sommes-nous, au juste? demande Sacha.

Pierre sort une carte de son sac à dos. Avant d'accompagner Sacha et Ondine dans leurs aventures pour en apprendre davantage sur l'élevage des Pokémon, Pierre était un Champion d'Arène. Plus âgé qu'Ondine et Sacha, il est souvent plus posé qu'eux... sauf en présence de jolies filles.

– Euh... on dirait qu'on est arrivés à Allezhopville, dit

Pierre en prenant un air perplexe.

C'est vraiment étrange comme nom, se dit Ondine.

Un agent de police aux cheveux bleus passe près d'eux sur sa motocyclette. Ondine la reconnaît tout de suite : chaque ville a son propre Agent Jenny, toutes des cousines parfaitement identiques. Cet Agent Jenny tient une affiche dans sa main. Il y a la photo d'un enfant dessus. Jenny colle l'affiche sur un mur, à côté de beaucoup d'autres. La photo d'un enfant différent se trouve sur chaque affiche.

— Toutes ces affiches, qu'est-ce que tu crois que ça veut dire? demande Sacha à Ondine.

— Demandons-lui, répond Ondine.

Ils s'approchent de l'Agent Jenny.

— Qu'est-ce qui est arrivé à ces enfants? demande Sacha.

— Ils ont tous disparu, répond l'Agent Jenny. Ça fait trois jours maintenant. Leurs parents sont morts d'inquiétude.

— C'est horrible! dit Ondine.

— Ne vous inquiétez pas, Agent Jenny, dit Sacha. Le détective Sacha Ketchum va résoudre cette affaire!

— Détective? répète Ondine. Oh, misère.

Il arrive parfois à Sacha de se prendre un peu trop au sérieux.

— D'abord, il nous faut des Indices. Par où allons-nous commencer? demande Sacha.

– On pourrait demander aux enfants au Centre Pokémon s'ils savent quoi que ce soit, propose Pierre.

Presque toutes les villes ont un Centre Pokémon accueillant les Pokémon blessés, malades ou simplement fatigués.

– Excellente idée, Pierre! s'exclame Sacha. Allons-y!

Ondine se dépêche de rattraper les deux garçons. L'Agent Jenny les guide jusqu'au Centre Pokémon, où une Infirmière Pokémon attend à l'accueil. L'Infirmière Joëlle, avec ses cheveux roses, est facilement reconnaissable. Comme pour les Agents Jenny, il y a une Infirmière Joëlle dans chaque ville. Elles sont toutes parentes, elles sont toutes identiques et, bien sûr, Pierre a un énorme faible pour chacune d'entre elles.

– Je m'appelle Ondine. Mes amis et moi sommes ici pour en apprendre plus sur les enfants disparus, dit Ondine à l'Infirmière Joëlle.

– Ah, oui. J'ai vu au bulletin de nouvelles que beaucoup de garçons et de filles avaient disparu, répond l'Infirmière Joëlle.

Elle soupire.

– J'aimerais bien pouvoir vous aider, mais j'ai mon propre mystère à résoudre.

– Quel mystère? demande Ondine.

— Tous les Pokémon du Centre se comportent très bizarrement, explique l'Infirmière Joëlle.

Elle leur montre une salle d'examen. Quelques Pokémon y sont couchés sur une table.

— Regardez Osselait et Mystherbe, dit-elle.

Osselait, un petit Pokémon qui porte un crâne en guise de casque, semble dormir d'un profond sommeil. Mystherbe, un Pokémon ressemblant à une mauvaise herbe, est aussi assoupi. Près d'eux, il y a d'autres Pokémon dans le même état.

— Même Magicarpe ne se sent pas bien, dit l'Infirmière Joëlle. Il a habituellement tant d'énergie.

Elle pose sur la table un Pokémon Poisson qui remue à peine. Ondine grimace. Elle déteste voir un Pokémon de type Eau en si mauvais état.

— On croirait qu'il s'en va à la poissonnerie, ajoute Sacha.

L'Infirmière Joëlle s'approche d'un Pokémon aux plumes orange et aux gros yeux comiques.

— Celui-ci est dans un état vraiment inquiétant, dit-elle.

— *Psy-aïe-aïe*, gémit le Pokémon.

Ondine fixe la créature qui ressemble à un canard. Elle n'a jamais vu ce Pokémon avant, et elle est loin d'être impressionnée.

— Qu'est-ce que c'est? demande Sacha.

Ondine remarque que même Sacha n'est pas très enthousiaste à la vue de ce Pokémon, lui qui habituellement trouve *n'importe quel* Pokémon fascinant. Sacha sort Dexter, son Pokédex. Dexter est une banque d'information sur tous les Pokémon connus.

— Psykokwak, dit Dexter. Un Pokémon de type Eau. Il utilise des pouvoirs mystérieux pour lancer différentes attaques.

— Des pouvoirs mystérieux? répète Sacha.

— C'est difficile à croire, dit Ondine.

Elle se tourne vers l'Infirmière Joëlle.

— Depuis combien de temps sont-ils dans cet état? demande-t-elle.

— Depuis trois jours, répond l'Infirmière Joëlle.

— Trois jours! s'exclame Pierre. Ça fait aussi trois jours que les enfants ont disparu!

L'Agent Jenny a une idée.

— Il y a peut-être un lien entre la disparition des enfants et le manque d'énergie des Pokémon.

Sacha semble songeur.

— Hmmm... un mystère de plus à résoudre pour Sacha Ketchum, le grand détective, dit-il.

Le grand détective? On pourrait aussi bien confier l'affaire à Psykokwak, se dit Ondine.

— Est-ce que tu as une piste? demande-t-elle.

— Euh, pas une seule, admet Sacha.

Mais l'Agent Jenny a une idée : elle sort un petit appareil ressemblant à une sorte de radio.

II

— C'est un détecteur d'ondes hypnotiques, dit-elle. Depuis quelques jours, je capte un nombre anormalement élevé d'ondes qui endorment les gens.

— Je suis sûre que ça ne vient d'aucun Pokémon dans le Centre, dit l'Infirmière Joëlle.

— De l'extérieur, alors, conclut l'Agent Jenny.

— *Pika... chu-uu.*

Pikachu est assis sur la table. Soudainement, il s'affaisse lui aussi.

— Oh non! s'écrie Sacha. Même Pikachu est affecté!

— Hmm, fait Pierre. Je me demande si ces ondes hypnotiques et l'état des Pokémon...

— Oui, l'interrompt l'Agent Jenny. Il y a peut-être un lien. On ferait mieux de trouver rapidement d'où viennent ces ondes hypnotiques!

Ondine se tourne vers Sacha et Pierre.

— Allons-y! lance-t-elle

3

Sous le charme
d'Hypnomade

Ondine et ses amis suivent le détecteur d'ondes hypnotiques jusqu'à un endroit très bizarre... un manoir tout en haut d'un gratte-ciel!

– Les ondes proviennent du manoir, dit l'Agent Jenny.

Pierre et Sacha se dépêchent d'entrer, suivis de près par Ondine et l'Agent Jenny.

À l'intérieur, des hommes en habits élégants et des femmes en robes distinguées bavardent dans une énorme pièce aux plafonds hauts et au plancher recouvert d'un épais tapis rouge. Surpris, les gens dans la salle regardent Ondine et ses amis.

Un homme portant d'étranges petites lunettes suspendues à une chaîne vient à leur rencontre.

– Êtes-vous de nouveaux membres? demande-t-il d'un ton hautain.

Des membres de quoi? se demande Ondine.

– Nous avons capté des ondes hypnotiques, et nous les avons suivies jusqu'ici, explique l'Agent Jenny.

– Des ondes hypnotiques? s'interroge l'homme. Oh, elles doivent être émises par Hypnomade.

Il leur indique un grand Pokémon jaune avec un gros nez pointu qui fait osciller un pendule. Un Pokémon plus petit de couleur jaune et brun est assis à ses côtés. Il ressemble à un fourmilier.

– Hypnomade? dit Sacha en sortant Dexter.

– Hypnomade... le Pokémon Hypnose, dit Dexter. Il utilise son pendule pour hypnotiser ses adversaires.

– Et l'autre, qu'est-ce que c'est? demande Ondine.

– Soporifik. Il s'agit du premier Pokémon à avoir utilisé une combinaison d'attaques comme Hypnose et Dévorêve, répond Dexter.

– Hypnomade est l'évolution de Soporifik, n'est-ce pas? demande Pierre.

L'homme aux lunettes semble ravi.

– Vous avez raison! Notre autre Soporifik a enfin évolué en Hypnomade il y a trois jours, leur dit-il avec fierté.

Dès qu'elle entend cela, c'est au tour de l'Agent Jenny de se réjouir.

– J'en étais sûre. Cela correspond au moment où les enfants ont disparu et où les Pokémon ont perdu leur énergie.

Ondine et les garçons hochent la tête.

– Notre Pokémon nous aide à nous endormir, dit un homme avec un chapeau haut de forme.

– Qui ça, nous? demande Ondine.

– Nous, les membres du club des adorateurs de Pokémon! dit l'homme aux lunettes.

– Le club des adorateurs de Pokémon? répète Ondine.

Elle n'en a jamais entendu parler.

L'homme explique que tous les membres du club adorent les Pokémon, et Hypnomade est leur favori. Les membres du club ont aussi autre chose en commun : ils sont tous insomniaques, et c'est pourquoi ils utilisent les ondes hypnotiques d'Hypnomade pour s'endormir.

– Les ondes hypnotiques d'Hypnomade ont dû saper l'énergie des Pokémon, dit Ondine.

Pierre est du même avis.

– Habituellement, Hypnomade n'utilise ses pouvoirs que sur d'autres Pokémon, explique-t-il. Il a donc dû adapter ses ondes hypnotiques pour endormir les humains. Les nouvelles ondes ont dû avoir un effet secondaire sur les Pokémon du Centre!

— Et les enfants disparus? demande Ondine.

Pierre a une autre idée sur le sujet.

— Peut-être que les nouvelles ondes ont un effet sur les enfants qui y sont sensibles.

— Voyons voir, dit Ondine.

Elle s'approche d'Hypnomade et le regarde en face.

— *Hypno, hypno*, susurre Hypnomade.

Il fait osciller son pendule. Ondine commence à se sentir bizarre.

— *Otaria, Otaria*, dit Ondine d'une voix rauque.

Elle a la même voix qu'Otaria, un Pokémon de type Eau à la fourrure blanche! Elle se met même à applaudir comme le Pokémon Otarie.

— Ondine, qu'est-ce qui te prend? demande Sacha, très inquiet.

— Elle a été hypnotisée par Hypnomade! explique Pierre.

Le gentleman du club des adorateurs de Pokémon semble bouleversé.

— Même si c'est un accident, cette terrible situation est notre faute, dit-il.

— *Otaria, Otaria*.

Sans un regard pour Sacha et les autres, Ondine s'enfuit de la pièce.

Tous se mettent à sa poursuite.

Ils la suivent jusque dans un grand parc. Tout au long de sa course, elle n'arrête pas d'applaudir et de crier « *Otaria! Otaria!* ».

Une fois au cœur du parc, Ondine s'arrête enfin. Là, près d'un lac, s'amusent de nombreux enfants. Cependant, ils n'agissent pas comme des enfants ordinaires : tous les enfants se comportent comme des Pokémon!

– Ce sont les enfants disparus! dit l'Agent Jenny.

– Qu'est-ce qui leur arrive? demande Sacha.

– C'est la *Pokémonite,* explique Pierre. Les enfants affectés par les ondes hypnotiques d'Hypnomade se prennent pour des Pokémon! Regarde Ondine.

– Qu'est-ce qu'on peut faire? demande Sacha.

Le gentleman du club des adorateurs de Pokémon a une idée.

– Et si on utilisait Soporifik pour réveiller les enfants? Il peut produire des ondes de rêve qui pourraient neutraliser celles d'Hypnomade.

Pierre hoche la tête.

– Ça pourrait fonctionner!

4

L'envoûtement est brisé

Sacha et le reste du groupe retournent au manoir. Ils installent Ondine devant Soporifik et lui demandent d'utiliser ses ondes de rêve sur elle.

Les ondes émises par Soporifik atteignent Ondine.

– *Otaria, Otaria*, dit-elle.

Elle continue d'applaudir et de parler comme un Pokémon, puis elle s'arrête tout d'un coup. Ondine regarde autour d'elle. Elle se sent un peu étrange. Tous les regards dans la pièce sont tournés vers elle.

– Ondine, ça va? Tu as l'air épuisée, lui dit Sacha.

Qu'est-ce qu'il veut dire par là? se demande Ondine. Elle n'est pas épuisée; elle se sent seulement un peu étrange. À part cela, elle va bien.

– Je ne crois pas t'avoir demandé ton avis! s'emporte-t-elle.

Sacha se met à rire.

– Ondine est de retour, dit-il.

De retour? De quoi Sacha peut-il bien parler? se demande Ondine.

Sacha et Pierre lui expliquent. Ils veulent maintenant emmener Soporifik au parc pour qu'il puisse soigner les autres enfants qui se prennent pour des Pokémon.

Ondine commence à comprendre. Hypnomade a dû l'hypnotiser.

– Vous voulez dire que je me prenais pour un Pokémon? demande-t-elle.

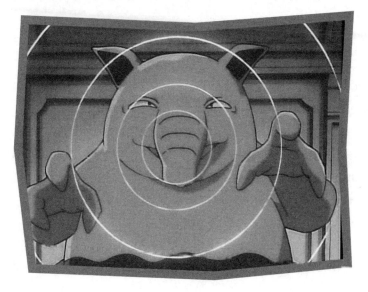

– Tu te comportais exactement comme un Otaria, répond Sacha.

Ondine secoue la tête, incrédule.

– Bizarre, dit-elle. Je ne me souviens de rien.

– Moi, je vais m'en souvenir longtemps! dit Sacha pour la taquiner.

– Allons-y! les interrompt Pierre. Nous devons retourner au parc pour aider les enfants.

Ondine et les garçons attrapent Soporifik et retournent au parc. Le Pokémon utilise ses ondes de rêve pour soigner les enfants disparus. Les enfants ne se souviennent plus de rien, mais ils veulent tous rentrer chez eux.

– *Pika! Pika!* dit Pikachu, qui a retrouvé son entrain, lui aussi.

Ondine et ses amis ont encore une chose à faire à Allezhopville. Ils se rendent rapidement au Centre Pokémon avec Soporifik. Les ondes du Pokémon permettent de guérir tous les Pokémon endormis!

L'Infirmière Joëlle les remercie chaleureusement, mais l'état du Pokémon ridicule qui ressemble à un canard orange l'inquiète toujours.

– Tous les Pokémon se portent mieux, mais celui-ci semble toujours avoir la migraine.

– *Psy-ko-kwak*, gémit Psykokwak.

Ondine ne réagit pas, mais Pierre veut absolument

bien paraître devant l'Infirmière Joëlle.

– Je vais m'occuper de lui, lui dit-il. Prendre soin des Pokémon est l'unique but de mon existence!

– J'espère que vous pourrez l'aider, répond l'Infirmière Joëlle.

Puis elle remet Psykokwak à Pierre!

– *Psyko... kwak*, dit-il.

Le Pokémon saute de la table et s'approche maladroitement de Pierre. Pierre se met soudainement à avoir un doute, et Ondine ne semble pas ravie elle non plus. Psykokwak les suit hors de la ville.

– Psykokwak est un Pokémon de type Eau, dit Pierre. Ondine, c'est ta spécialité!

Ondine ne veut rien savoir.

– Qu'est-ce que je ferais d'un Pokémon aussi ennuyeux? Il ne sait rien faire.

Sacha sort Dexter.

– Psykokwak. Ce Pokémon souffre tout le temps de maux de tête, dit le Pokédex.

– C'est une farce? s'exclame Ondine. Cette chose a toujours mal à la tête?

En se retournant pour

regarder Psykokwak, elle trébuche et tombe sur le dos.

– Ma Poké Ball! s'écrie-t-elle.

Une de ses Poké Balls tombe de son sac et roule vers Psykokwak.

– *Psykokwak.*

Psykokwak examine la Poké Ball. Puis il lui donne un coup de bec. La Poké Ball s'ouvre, et en un éclat de lumière, Psykokwak disparaît à l'intérieur!

– Oh non, maintenant, il est dans ma Poké Ball! se plaint Ondine.

– Beau travail, Ondine! Tu as attrapé Psykokwak! dit Sacha.

– Maintenant, c'est moi qui ai mal à la tête, grogne-t-elle.

5

Les mystérieux pouvoirs de Psykokwak

Ondine est loin d'être enchantée par son nouveau Pokémon. Neuf fois sur dix, Psykokwak est plus gênant qu'autre chose. Puis un jour, alors que le groupe se trouve à l'Arène de Parmanie, un énorme manoir inquiétant perdu au milieu d'une forêt, Psykokwak surprend Ondine en utilisant des attaques vraiment incroyables. Le Champion d'Arène de Parmanie, Koga, est un ninja qui utilise surtout des Pokémon de type Poison.

Sacha mène un combat contre Koga pour remporter le Badge Âme. Mais au beau milieu du combat, le plafond s'effondre...

– La Team Rocket! s'écrie Ondine.

Les voleurs de Pokémon, Jessie, James et Miaouss, apparaissent parmi les débris.

– Nous sommes de retour! dit Jessie.

L'adolescente aux longs cheveux rouges porte des bottes noires et un uniforme blanc avec un gros R rouge sur la poitrine.

– Pour vous jouer un mauvais tour, ajoute James.

L'adolescent aux cheveux mauves porte un uniforme identique.

Ensemble, ils entonnent l'hymne de la Team Rocket :

– Afin de préserver le monde de la dévastation,

Afin de rallier tous les peuples à notre nation,

Afin d'écraser l'amour et la vérité.

Afin d'étendre notre pouvoir jusqu'à la Voie lactée.

Jessie!

James!

La Team Rocket, plus rapide que la lumière.

Rendez-vous tous ou ce sera la guerre.

– *Miaouss*, oui, la guerre! termine Miaouss, le Pokémon Chadégout.

Miaouss bondit devant Koga.

– Nous sommes ici pour prendre tous vos petits Pokémon empoisonnés! Il n'y a rien que vous puissiez faire!

Jessie et James lancent deux Poké Balls en l'air. Arbok

et Smogogo apparaissent!

Ondine pousse un cri de surprise. Arbok est un Pokémon de type Poison qui ressemble à un cobra. Ses attaques sont très dangereuses.

Smogogo, également un Pokémon de type Poison, est une énorme boule gris-mauve remplie de liquides toxiques. Ses attaques sont tout aussi menaçantes que celles d'Arbok.

Même Koga affiche un air inquiet.

— Nous allons devoir unir nos forces pour les vaincre! dit-il à Ondine, Sacha et Pierre.

— D'accord! s'exclame Sacha. Salamèche, je te choisis!

Il lance une Poké Ball.

Salamèche apparaît, puis s'élance vers la Team Rocket. Le Pokémon orange-rouge de type Feu a l'apparence d'un mignon petit lézard. Une flamme vive brûle au bout de sa queue.

Le Mimitoss et l'Aéromite de Koga passent aussi à l'attaque.

Mimitoss est un Pokémon Insecte de type Poison couvert de poils. Il a de longues antennes et de gros yeux rouges globuleux. Aéromite, son évolution, ressemble à un papillon de nuit mauve.

– Ne vous gênez pas! dit James en ricanant.

Il prend son élan et lance quelque chose sur les trois Pokémon.

Ondine en reste bouche bée. Mimitoss, Aéromite et Salamèche se retrouvent pris au piège dans une substance gluante qui les empêche d'attaquer.

– Pikachu! s'exclame Sacha.

Le Pokémon de type Électrik s'élance vers la Team Rocket. Mais avant qu'il ne puisse faire quoi que ce soit, Jessie l'asperge de matière gluante.

Ondine attrape une Poké Ball.

– Staross, à toi de jouer! s'exclame-t-elle.

Oh non! Avant qu'elle ne lance la Poké Ball, Psykokwak apparaît. Comme d'habitude, il se tient la tête.

– J'ai dit Staross, pas Psykokwak!

Ondine a désespérément besoin d'un Pokémon utile.

– Je vais utiliser Stari à la place! décide-t-elle.

Elle baisse les yeux. Aucun signe de Stari, mais Psykokwak est toujours là!

Ondine sent qu'elle est sur le point d'éclater de colère. Elle se tourne vers Psykokwak, les poings serrés.

– Tu ne connais même pas la différence entre Psykokwak et Stari?!

Manifestement, Psykokwak ne voit pas la différence. Ondine se détourne de lui. Elle croise les bras et boude.

Très bien, dit-elle à Psykokwak. Essaie d'arrêter la Team Rocket.

– *Psy-y-y.*

Psykokwak s'approche maladroitement d'Ondine et lui fait un gros câlin. Au lieu de l'attendrir, cela la met plus en colère.

– Psykokwak, tu vas me rendre folle!

Ondine est si en colère que ses yeux sont plus gros que ceux de Mimitoss. Elle serre les dents.

– Quelles sont les attaques de Psykokwak? gémit-elle.

Sans attendre, Sacha remet son Pokédex à Ondine.

– Tiens, tu peux demander à Dexter.

– Les attaques de Psykokwak. Numéro un : Mimi-Queue, explique Dexter.

Espérons que ça fonctionne, songe Ondine.

– Psykokwak, utilise Mimi-Queue! commande-t-elle.

– *Psykokwak. Psykokwak.*

Le Pokémon remue la queue sans énergie.

– Vous n'allez pas me faire croire que c'est une attaque, ça! s'emporte Ondine.

L'incompétence de Psykokwak ne semble avoir aucune limite!

– Il doit avoir d'autres attaques, dit Sacha.

– Attaque numéro deux de Psykokwak : Griffe, dit Dexter.

– D'accord. Psykokwak, attaque Griffe!

– *Psykokwak. Psy-y-y-y-y!*

Psykokwak court vers Arbok et tapote le Pokémon

avec son aile. L'attaque n'a absolument aucun effet sur Arbok, et le Pokémon mauve referme sa gueule sur la tête de Psykokwak.

Psykokwak lève les yeux vers Arbok et se met à paniquer.

– *Psyko, Psyko, Psykokwak*, cancane-t-il.

Il saute à terre et se met à tourner en rond. Ondine est humiliée.

– C'est le plus lamentable de tous les Pokémon, gémit-elle.

– Attendez, je crois que j'ai un plan! dit Koga.

Le ninja attrape une corde suspendue au-dessus de sa tête. *Whoosh!* Un panneau s'ouvre dans le plafond, et des dizaines de Voltorbe tombent sur le plancher.

Ondine a déjà entendu parler de Voltorbe. Cet étrange Pokémon rond ressemble à une Poké Ball avec des yeux. Cependant, il est rempli d'électricité et peut lancer de vilaines décharges. L'air autour d'eux se met à crépiter d'électricité.

La Team Rocket examine les Voltorbe.

– Je ne sais pas ce que c'est, mais ça prend de l'espace! dit Jessie.

Avec la mystérieuse matière gluante, elle fabrique un filet. Elle prend son élan et, d'une main, elle lance le filet sur les Voltorbe de Koga. La plupart des Pokémon sont pris au piège!

– J'ai fait une bonne prise! dit Jessie avec un gloussement.

Miaouss soulève l'un des Voltorbe libres.

– Je n'ai aucune idée de ce que c'est, mais on pourra les utiliser pour nos parties de quilles!

James fixe Miaouss, l'expression figée d'horreur.

– C'est un Voltorbe! s'écrie-t-il.

Le Voltorbe dans la paume de Miaouss se met à

tourner lentement sur lui-même. Il ouvre grand les yeux, puis se met à briller. Sans avertir, le Pokémon explose!

L'explosion répand la matière gluante utilisée par la Team Rocket dans toute la pièce! Sacha se penche et essaie de libérer ses Pokémon, mais la substance semble impossible à retirer. Même l'électricité de Pikachu n'a aucun effet.

Je comprends, pense Ondine. *La plupart des Voltorbe préfèrent s'autodétruire que d'être capturés.*

Cependant, les Voltorbe pris au piège dans le filet de Jessie ne peuvent rien faire. La matière gluante les

empêche même de s'autodétruire!

Sans avertir, Miaouss attrape l'un des Voltorbe du filet et le lance comme une boule de quilles. Le Pokémon roule vers Ondine et ses amis.

Boum! Le Voltorbe explose droit devant eux et emplit la pièce de fumée.

– *Psyko, Psykokwak.*

Quand la fumée se dissipe, Ondine aperçoit Psykokwak. Il court dans tous les sens au milieu de la pièce. Ondine sort une Poké Ball.

– Psykokwak, reviens! Tu vas te blesser en restant là!

– On dirait que celui-là a perdu le nord, dit Miaouss en

ricanant.

Psykokwak est dans un état hystérique. Il n'écoute plus du tout Ondine et continue de courir n'importe où. Finalement, il trébuche aux pieds de la Team Rocket!

– Est-ce qu'on le prend aussi? demande James.

– Pas question, il ne vaut rien, répond Miaouss.

Ondine n'en croit pas ses oreilles.

– Même la Team Rocket ne veut pas de Psykokwak, dit-elle tristement.

Psykokwak se remet sur ses pattes et recommence à courir partout en se tenant la tête.

– On dirait que son mal de tête s'aggrave, remarque Pierre.

Ondine en a assez.

– C'est assez, viens ici tout de suite, dit-elle en attrapant Psykokwak.

Tout à coup, Psykokwak se tient tout droit. Il fixe la Team Rocket et ses Pokémon. Ondine s'aperçoit que la tête de Psykokwak émet des ondes qui se dirigent vers la Team Rocket!

En un instant, la Team Rocket se retrouve immobilisée.

– Qu'est-ce... qu'est-ce qui se passe? demande Jessie.

– Je suis devenu une statue! Je ne peux plus bouger! s'écrie James.

– Ça doit être une autre des attaques de Psykokwak! s'exclame Pierre.

Sacha consulte Dexter.

— La troisième attaque de Psykokwak : Entrave.

Le corps de Psykokwak se met à briller d'une faible lumière bleue. Il projette la lumière devant lui, et elle enveloppe la Team Rocket. Jessie, James et leurs Pokémon sont projetés dans un sens, puis dans l'autre. Ils ne maîtrisent plus du tout leur corps.

— La quatrième attaque de Psykokwak : Choc Mental, explique Dexter.

Un sentiment de fierté envahit Ondine.

— Ces attaques sont redoutables, dit-elle avec un large sourire.

Sacha et Pierre sont du même avis.

La Team Rocket et ses Pokémon s'envolent et tourbillonnent vers le plafond. *Boum!* Ils défoncent le plafond du manoir. Ondine les observe par le trou : la Team Rocket disparaît rapidement à l'horizon. Une fois de plus, la Team Rocket s'envole vers d'autres cieux!

Ondine se précipite vers son merveilleux Psykokwak.

— Depuis quand as-tu ce genre de pouvoir?! s'exclame-t-elle.

— Quand ses maux de tête atteignent leur paroxysme, Psykokwak peut déchaîner de fabuleux pouvoirs, explique Dexter.

— Difficile de dire si c'est un don ou une malédiction! dit Pierre pour blaguer.

Koga est très impressionné.

– Magnifique! dit-il. Voudrais-tu échanger ton Psykokwak contre mon Aéromite? demande-t-il à Ondine.

La jeune fille secoue la tête.

– Je n'échangerais mon Psykokwak contre aucun Pokémon au monde.

Sacha est très surpris.

– Et moi qui croyais que tu voulais t'en débarrasser à tout prix! dit-il à Ondine.

Ondine hausse les épaules.

– Il n'est pas si mauvais, après tout. Tu t'es très bien débrouillé! dit Ondine à Psykokwak. Mais évite quand même de prendre la grosse tête!

Le secret
du Centre d'élevage

Malgré la fierté qu'Ondine tire des attaques de Psykokwak, elle réalise rapidement qu'elle ne peut pas toujours se fier à lui. Le Pokémon est bien trop étourdi! Il est impossible de diriger Psykokwak... ou de prévoir ce qu'il va faire. Ondine est certaine qu'il y a une façon de le dresser, mais laquelle?

C'est à ce moment qu'une publicité télévisée lui donne une idée.

– *Le pouvoir de l'amour des Pokémon, vous le trouverez à notre Centre d'élevage Pokémon cinq étoiles,* annonce une adolescente aux cheveux blonds avec un grand sourire.

La publicité est diffusée sur un écran de télévision gigantesque encastré dans le mur d'un immeuble. Ondine la regarde depuis le banc du parc où elle s'est assise pour profiter du soleil avec Sacha, Pierre et leur ami, Todd. Todd est photographe. Ses cheveux sont bruns et bouclés, et il porte un tee-shirt rayé. Sa spécialité est de photographier les Pokémon, et c'est pourquoi il traîne toujours son appareil photo avec lui.

Sacha lève les yeux vers l'écran.

— Qu'est-ce que c'est?

— On dirait que quelqu'un vient d'ouvrir un nouveau Centre d'élevage Pokémon, dit Pierre.

— C'est tout nouveau, ajoute Todd. Les Centres d'élevage dressent les Pokémon pour les enfants qui ne peuvent pas le faire eux-mêmes. C'est comme un hôtel de luxe pour les Pokémon!

— Les meilleurs Centres d'élevage peuvent même aider les Pokémon à évoluer! dit Ondine.

— Vraiment? Allons jeter un coup d'œil! dit Sacha.

Le jeune Dresseur est passionné par tout ce qui concerne les Pokémon.

Le groupe trouve rapidement le Centre. Au-dessus de la porte, une enseigne lumineuse affiche le mot Pokémon. Des centaines de personnes attendent dehors avec leurs Pokémon. Ondine et ses amis se faufilent dans la foule.

La fille de la publicité les accueille à l'intérieur. Son assistant et elle s'affairent derrière un comptoir à servir les clients. L'adolescente continue son discours sur le pouvoir de l'amour des Pokémon. Des dizaines d'enfants font déjà la file à l'intérieur du Centre d'élevage afin d'y laisser leurs Pokémon. Sans ménagement, Ondine passe devant les autres et arrive à la tête de la file.

– J'ai un Pokémon pour vous! s'exclame-t-elle.

– Ondine, tu vas laisser un Pokémon ici? demande Sacha, légèrement surpris.

– Oui, je veux voir s'ils vont arriver à quelque chose.

Ondine laisse tomber Psykokwak sur le comptoir.

– Oh, qu'il est mignon, dit la fille en voyant

Psykokwak. Comment résister à ces yeux? Ils sont si gros et brillants, on dirait deux balles de ping-pong!

— Oui, et c'est pour ça que j'ai parfois envie de le dresser avec une raquette, murmure Ondine.

— Pouvons-nous faire quelque chose en particulier pour ce Pokémon? demande la fille.

Ondine frotte la tête de Psykokwak.

— Il y a beaucoup d'espace vide à remplir là-dedans. Et si vous pouviez faire quelque chose pour son expression niaise...

— Il faudrait un miracle, dit Sacha en ricanant.

La fille fait un grand sourire.

— La devise de notre Centre d'élevage Pokémon est « un peu du pouvoir de l'amour des Pokémon peut faire des miracles! ».

L'adolescente dépose Psykokwak sur un convoyeur.

— Au revoir, Psykokwak. Bonne chance! dit Ondine en saluant Psykokwak de la main.

Le convoyeur transporte Psykokwak jusqu'à un rideau derrière lequel le Pokémon disparaît.

— *Psy-ko...*

La voix de Psykokwak semble encore plus confuse que d'ordinaire.

Ondine et ses amis quittent le Centre d'élevage et déambulent dans la rue.

— Avec Psykokwak, on va voir si ce Centre est à la

hauteur de sa publicité, dit Ondine à Sacha, Pierre et Todd.

Sacha prend un air sérieux.

– Je parie que tu n'as même pas l'intention d'aller récupérer Psykokwak un jour.

– Eh bien, tu te trompes! proteste Ondine. Jamais je n'abandonnerais Psykokwak comme ça.

Todd s'arrête devant un édifice. Au-dessus de la porte, un écriteau indique Restaurant La Gourmandise.

– Hé, regardez. Ça a l'air bon.

– Maintenant que j'y pense, je suis affamée! dit Ondine.

Sacha remarque une affiche collée sur la fenêtre du restaurant.

– Regardez, tous les plats sont gratuits!

– Ça m'étonnerait que tous les repas soient gratuits, avertit Todd. Ce doit être une offre du style « mangez dix repas et le onzième est gratuit ».

La porte s'ouvre et le chef du restaurant sort. Il a un visage amical et une grosse moustache broussailleuse.

– Vous pouvez tout manger gratuitement à une seule condition, dit-il aux enfants. Vous devez me montrer mon Pokémon préféré!

Ondine est enthousiaste à l'idée de manger gratuitement... surtout du dessert!

– Je suis sûre qu'un de nous a votre Pokémon favori!

Ondine, Sacha et Pierre montrent leurs Pokémon au chef, et Todd en profite pour prendre quelques photos. Du côté de Sacha, il y a Salamèche, Bulbizarre, Carapuce, Roucoups et, bien sûr, Pikachu. Ondine montre Poissirène, Stari, Staross, Hypotrempe et son bébé Pokémon, Togepi. Pierre a avec lui Onix, Racaillou, Nosferapti et Goupix. Le chef examine leurs Pokémon, mais aucun d'entre eux n'est son favori.

Ondine est déçue.

– Voici mon Pokémon préféré! dit le chef en leur montrant une photo.

Ondine en reste bouche bée. C'est la photo d'un Psykokwak!

– Pour moi, Psykokwak est la plus belle chose depuis l'invention du four à micro-ondes, dit le chef. Je suis tellement fou de ce Pokémon que je laisse manger gratuitement les clients qui en ont un avec eux.

Ondine sait exactement ce qu'elle doit faire : récupérer Psykokwak à tout prix!

– Monsieur, si nous revenons dans une dizaine de minutes, serez-vous toujours là?

– Bien sûr. Je dois attendre la livraison de deux cents litres de crème glacée, répond le chef.

– Deux cents litres de crème glacée? répète-t-elle.

Elle saute littéralement de joie.

– Youpi, youpi! À tout de suite!

Ondine rechigne durant tout le trajet de retour vers le Centre d'élevage.

– Évidemment, la seule fois que j'ai besoin de lui, Psykokwak n'est pas là.

Sacha a la manie embêtante de toujours défendre Psykokwak.

– C'est toi qui l'as laissé au Centre d'élevage!

Ils arrivent au Centre d'élevage, mais l'endroit est désert. Une pancarte est accrochée à la porte principale.

– Oh non! C'est déjà fermé, dit Ondine dans un gémissement.

Pierre prend la nouvelle avec plus de calme.

– On dirait que nous allons devoir revenir demain, dit-il en haussant les épaules.

Mais Ondine veut sa crème glacée maintenant!

– C'est aujourd'hui que je veux manger dans ce restaurant! Il n'y aura peut-être plus de crème glacée demain! Allons voir s'il n'y a pas une autre porte à l'arrière.

C'est le cas, et Ondine frappe à la porte avec force.

– Hé, est-ce qu'il y a quelqu'un? S'il vous plaît, ouvrez la porte! dit-elle d'une voix forte.

En dernier recours, Ondine essaie la poignée.

– C'est ouvert!

Ondine et le reste du groupe se faufilent à l'intérieur. Derrière la porte, il y a une grande salle vide.

– Hé, est-ce qu'il y a quelqu'un qui pourrait me rendre mon Pokémon?

Aucune réponse.

Ondine essaie une autre porte. Derrière se trouve une grande pièce sombre et inquiétante.

– Est-ce qu'il y a quelqu'un? Il fait trop sombre, je ne vois rien.

Pierre sort une lampe de poche de son sac et l'allume.

– Qu'est-ce qui se passe ici? s'écrie Ondine.

Cet endroit n'est pas du tout un hôtel de luxe pour les Pokémon! La pièce est remplie de petites cages remplies à craquer de malheureux Pokémon.

La lampe de poche de Pierre passe sur l'une des cages.

– Hé, j'ai trouvé Psykokwak, dit-il à Ondine.

Ondine examine Psykokwak. Son regard semble un peu plus aiguisé qu'avant.

– Je dois l'admettre, il a l'air un peu moins bête que quand je l'ai laissé, dit Ondine.

Pierre regarde Psykokwak de plus près.

– Peut-être pas. Ils ont utilisé du ruban adhésif pour étirer ses yeux, dit-il à Ondine.

Il passe un bras dans la cage et retire le ruban des yeux de Psykokwak.

– C'est cruel! s'écrie Ondine. Nous devons découvrir ce qui se passe ici!

7

Deux nouveaux malfrats

— Regardez ça, dit Sacha.

Une grue dépose une grosse caisse sur le convoyeur à côté de lui. C'est le même convoyeur qui a transporté Psykokwak plus tôt.

Ondine et les autres décident de le suivre. Ils trouvent un rideau, et derrière, le vestibule de l'édifice. La caisse s'arrête au bout du convoyeur, où se trouvent l'adolescente aux cheveux blonds et son assistant, un adolescent aux cheveux bleus. Le garçon ouvre la caisse.

— Regarde, c'est un Sabelette.

Il sort de la caisse un Pokémon brun doré de type Sol qui ressemble à une souris en armure.

Ondine et ses amis s'agenouillent derrière le

rideau afin d'espionner la fille et son assistant. Ils ont complètement perdu leurs airs affables.

– Nous avons capturé vraiment beaucoup de Pokémon, dit le garçon.

– Ouais, dit la fille. Ça prouve que la plupart des Dresseurs Pokémon sont des imbéciles.

Des imbéciles? Ils sont en train de parler de moi, se dit Ondine. *Je n'arrive pas à croire que j'ai laissé Psykokwak ici!*

– Maintenant, tout ce que nous avons à faire, c'est de choisir les plus beaux Pokémon et de les envoyer au Boss, ajoute la fille.

– Oh non! Ce sont des voleurs de Pokémon, chuchote Ondine.

– Nous allons devenir ses petits chouchous! dit le garçon.

– Et il va nous donner une grosse récompense! termine la fille.

Les deux adolescents se rapprochent l'un de l'autre.

– Nous croyons au pouvoir de l'amour! s'exclament-ils. Parce que nous *aimons* le pouvoir! Ha ha ha ha ha!

Les deux malfrats éclatent d'un grand rire cruel.

Ondine et ses amis se consultent du regard.

– Nous devons faire quelque chose, murmure Ondine.

– On ne peut pas les laisser traiter les Pokémon

ainsi! dit Pierre.

Une idée vient à l'esprit de Todd.

– Je vais prendre des photos de cet endroit afin de révéler l'affaire au grand jour!

– Excellente idée! dit Ondine.

– *Pika, Pika*.

Même Pikachu est d'accord.

Ondine et ses amis se déplacent sans bruit parmi les cages. Ondine montre à Todd où prendre des photos.

– Prends une photo ici, et une autre là!

Todd prend de nombreuses photos.

Ondine et les autres tentent de ne faire aucun bruit, mais ils ont oublié le bruit du flash de l'appareil photo de Todd.

– Butch, qu'est-ce qu'il y a? dit la fille.

Ondine s'arrête pour écouter.

– Je crois avoir vu quelque chose à l'arrière, dit le

garçon. Ça ressemblait à un flash! Je ferais mieux d'aller vérifier.

Ondine et les autres se cachent dans un coin sombre. Ils tremblent de peur.

Soudain, Sacha a un éclair de génie. Il installe Pikachu dans une cage vide.

– *Chu, chu.*

Pikachu s'accroche aux barreaux de la cage, et ses pattes libèrent de petites décharges électriques.

– C'est seulement un Pikachu, lance le garçon à la fille, qui est encore dans le vestibule.

Et il repart.

Ondine et les autres soupirent de soulagement.

– Je crois que j'ai pris toutes les photos dont nous aurons besoin, dit Todd.

– Bien, dit Pierre. Sortons d'ici.

– Pas sans Psykokwak, dit Ondine.

Ondine court vers la cage de Psykokwak. Elle essaie de l'ouvrir, mais la cage est verrouillée!

– Je ne peux pas laisser Psykokwak dans cet horrible endroit! dit Ondine au bord des larmes.

Elle secoue la cage de Psykokwak. Elle fait un peu trop de bruit et...

Soudainement, toutes les lumières s'allument.

– Je savais que quelque chose clochait ici!

La voleuse de Pokémon aux cheveux blonds entre

dans la pièce suivie de son complice, Butch.

La fille toise Ondine et ses amis.

– J'avais raison. Nous avons un problème de *rats!*

– Qu'est-ce qu'on va faire? demande Butch.

– Quand on trouve des rats, on les extermine! s'exclame la fille.

Aussitôt, Sacha s'emporte.

– On n'a pas peur des escrocs dans votre genre!

– Vous ne savez pas à qui vous avez affaire, dit la fille.

– Mais nous allons vous l'apprendre avec plaisir! dit le garçon.

– Nous sommes de retour pour vous jouer un mauvais tour, disent-ils en chœur.

Hé, c'est la devise de la Team Rocket! se dit Ondine. *Ils doivent tous les deux travailler pour la même organisation de malfaiteurs!*

Les deux voleurs entonnent un hymne déjanté qui ressemble à celui de la Team Rocket, mais en plus sinistre!

– Afin de plonger le monde dans la dévastation,

Afin d'anéantir les peuples de toutes les nations,

Afin d'écraser l'amour et la vérité,

Afin d'étendre notre colère jusqu'à la voie lactée.

– Cassidy! dit la fille.

– Butch! dit le garçon.

– La Team Rocket, plus rapide que la lumière! dit la fille.

– Rendez-vous, car contre nous, vous perdrez la

guerre! dit le garçon.

Un Rattatac surgit de nulle part et atterrit entre eux.

– *Rattatac!* s'exclame le Pokémon Souris.

Les adolescents retirent leurs vêtements ordinaires pour révéler, en dessous, leur uniforme noir avec un gros R rouge sur le devant.

Ils appartiennent bien à la Team Rocket! pense Ondine. *Mais ils ont l'air plus intelligents que Jessie et James. C'est une Team Rocket plus débrouillarde, plus intelligente et plus malfaisante!*

Ondine a très peur. Elle se précipite vers la sortie la plus proche avec Sacha, Pierre, Todd et Pikachu sur les talons. Ils se retrouvent tous dans un long corridor.

La Team Rocket, version nouvelle et améliorée, se

lance à leurs trousses.

– Pas si vite, les enfants, lance Cassidy. Maintenant que vous connaissez notre petit secret, nous ne pouvons pas vous laisser partir!

– Nous ne sommes au courant de rien, ment Pierre. Nous essayons seulement de manger du dessert gratuit!

Butch et Cassidy ne sont pas dupes.

– Bandes de morveux, vous ne pouvez pas vous échapper!

Ondine et les autres courent aussi vite qu'ils le peuvent. Le cœur d'Ondine bat la chamade. Elle arrive à peine à respirer.

Tout à coup, une énorme cage de métal tombe du plafond. *Clang!* Ondine se retourne. Sacha, Pierre et Todd sont pris au piège! Seuls Ondine, Togepi et Pikachu sont encore libres.

– Ondine, vite, cache-toi! dit Sacha.

– D'accord. Viens, Pikachu!

Ondine et Pikachu se précipitent à l'extérieur. Ils décident de se cacher derrière le coin de l'édifice et d'attendre pour voir ce qui va se passer.

Au même moment, l'Agent Jenny arrive sur sa motocyclette. *Ouf, j'ai de la chance,* pense Ondine.

Cassidy sort de l'édifice et fonce vers l'Agent Jenny. Elle semble effrayée et en colère.

53

— Agent Jenny, nous avons attrapé des voleurs! dit-elle. Par chance, notre système de sécurité a arrêté ces garçons avant qu'ils ne puissent faire de mal aux Pokémon!

Cassidy joue si bien la comédie qu'Ondine y croit presque.

— Ne vous inquiétez pas, mademoiselle, dit l'Agent Jenny. Je vais m'assurer que ces voleurs de Pokémon se retrouvent en prison.

Ondine n'en croit pas ses oreilles. Sacha, Pierre et Todd ont de gros ennuis! Pikachu et elle doivent les aider à s'évader!

8

Ondine à la rescousse

Allez, Ondine. Réfléchis! se dit Ondine. *Il doit bien y avoir une façon de convaincre l'Agent Jenny qu'ils sont innocents.*

L'Agent Jenny a bien tenu la promesse qu'elle avait faite à Cassidy. Elle a enfermé les garçons en prison! Comment Ondine va-t-elle les sortir de là?

Une idée lui vient à l'esprit.

— Je sais! dit-elle à Pikachu. Tout ce que nous avons à faire, c'est de montrer à l'Agent Jenny quelques-unes des photos prises par Todd.

— *Pika*, dit le Pokémon de type Électrik pour montrer qu'il est d'accord.

Il n'y a qu'un seul problème avec le plan d'Ondine.

L'appareil photo de Todd est toujours à l'intérieur du faux Centre d'élevage! Pour le récupérer, Ondine et Pikachu vont devoir trouver une façon de s'y faufiler.

Le lendemain matin, Ondine et Pikachu retournent au Centre d'élevage. Ondine a une casquette de baseball sur la tête et porte un manteau sous lequel elle a caché Togepi.

Ondine s'approche de l'accueil en espérant que sa nervosité ne paraît pas trop. Par chance, son déguisement fonctionne. Cassidy ne la reconnaît pas! Quant à Pikachu, avec sa petite taille, il parvient à se cacher derrière le comptoir.

– Excusez-moi, dit Ondine à Cassidy. J'ai laissé mon Psykokwak ici hier.

Ondine invente une histoire à propos d'une situation urgente. Elle dit à Cassidy qu'elle a vraiment besoin de son Psykokwak et que ça ne peut pas attendre! Pendant qu'Ondine distrait Cassidy, Pikachu se faufile derrière le comptoir, puis vers l'arrière du Centre d'élevage.

Cassidy affiche un grand sourire factice.

– Je comprends, dit-elle d'une voix hypocrite.

Puis elle se dirige vers l'arrière pour aller chercher le Psykokwak d'Ondine.

La jeune Dresseuse croise les doigts. Elle attend le retour de Pikachu.

– J'espère qu'il va faire vite, dit-elle.

Elle a peur que Cassidy le découvre. Elle essaie de passer derrière le comptoir pour aller le chercher.

– Mademoiselle!

La voix de Cassidy fait sursauter Ondine. La voleuse de Pokémon est de retour avec Psykokwak. Mais où est Pikachu? Ondine va devoir gagner du temps.

Tout à coup, Ondine sent qu'on lui tapote la jambe. Pikachu est de retour avec l'appareil photo de Todd!

– Euh, merci, dit rapidement Ondine. Il faut que j'y aille!

Elle attrape Psykokwak, puis Pikachu et elle détalent en vitesse.

Ondine se dépêche de faire développer les photos, puis se dirige tout droit vers le commissariat. Sacha, Pierre et Todd tentent de faire comprendre à l'Agent Jenny qui sont les véritables voleurs.

Ondine se dirige vers l'Agent Jenny et lui remet une pile de photos.

– Agent Jenny, mes amis disent la vérité! J'en ai la

preuve!

L'Agent Jenny examine chacune des photos prises par Todd. On y voit bien les Pokémon enfermés dans de toutes petites cages.

L'Agent Jenny est profondément choquée.

– C'est horrible! Ils m'ont fait croire que le Centre d'élevage était un genre d'hôtel de luxe pour les Pokémon.

– Vous voyez bien qu'ils mentent! s'exclame Ondine.

– Ils enferment les Pokémon dans des cages! ajoute Todd.

Ondine et les autres racontent toute l'histoire à l'Agent Jenny, et celle-ci libère les garçons. Tous ensemble, ils retournent au Centre d'élevage.

L'Agent Jenny ouvre la porte à la volée.

– Tout ce temps, c'étaient vous les voleurs de Pokémon, pas ces enfants! s'exclame-t-elle devant les voleurs surpris.

Butch et Cassidy réagissent instantanément.

– Rattatac!

Ils ordonnent à leur Pokémon d'attaquer.

– Pikachu! s'écrie Sacha.

Le Pokémon foudroie Rattatac avec une décharge électrique qui met l'autre Pokémon K.-O.

Butch et Cassidy veulent prendre la poudre

d'escampette, mais Sacha est plus rapide qu'eux.

– Bulbizarre, Fouet Lianes!

Le bulbe sur le dos du Pokémon de type Plante s'ouvre, et deux lianes en sortent. Rapidement, elles s'enroulent autour de Butch et Cassidy et les empêchent de bouger.

Butch et Cassidy n'iront nulle part! L'Agent Jenny les met directement derrière les barreaux!

Plus tard, Ondine, l'Agent Jenny et les autres célèbrent leur victoire. Ils peuvent enfin manger au restaurant La Gourmandise. Bien sûr, Ondine a pensé à emmener Psykokwak. Elle le montre au chef qui se pâme devant le Pokémon Canard. Tout le groupe a droit à de la crème glacée gratuite!

9

Psykokwak, perdu et retrouvé

Ondine était si heureuse d'avoir pu sauver Psykokwak du Centre d'élevage qu'elle a décidé de le garder avec elle, même pendant ses aventures dans l'Archipel Orange en compagnie de Sacha.

– *Pika, pika, pika, pika.*

Pikachu accourt vers Ondine et Sacha. Le groupe se repose sur une plage de sable. Leur ami Jacky, un artiste et un Observateur Pokémon, est avec eux. C'est un garçon grand avec d'épais cheveux noirs retenus par un bandeau. Sa passion, c'est de dessiner les Pokémon qu'il voit.

– *Pika, pika, pika, pika, pika.*

Pikachu semble vraiment très agité. Il ne cesse de sautiller et d'agiter les bras. Togepi, le bébé Pokémon d'Ondine, sautille également autour de lui, l'air tout aussi inquiet.

– Qu'est-ce qui ne va pas, Togepi? demande Ondine.

Jacky prend un air songeur.

– J'ai l'impression qu'il manque quelque chose?

– Tu as raison, Jacky, dit Sacha.

Ondine réalise ce qui cloche.

– Oh non! Mon Psykokwak a disparu!

Le Pokémon Canard s'amusait avec Pikachu et Togepi il y a moins d'une seconde. À présent, il n'y a plus aucune trace de lui.

Ondine, Sacha et Jacky cherchent partout avec l'aide de Pikachu et de Togepi. Ondine fait même appel à tous ses Pokémon de type Eau.

De son côté, Jacky demande à ses Pokémon Marill et Mimitoss de les aider à retrouver Psykokwak. Avec ses grandes oreilles, Marill essaie de percevoir le cancanage de Psykokwak. Mimitoss, un Pokémon de type Insecte, essaie de déterminer où se trouve Psykokwak grâce à ses

gros yeux rouges qui agissent comme un radar. Tous ensemble, ils cherchent, cherchent et cherchent encore. Mais Psykokwak est introuvable.

Ondine fixe tristement la mer.

— Ne t'en fais pas trop, lui dit Sacha. Tu as fait tout ce que tu pouvais. De toute façon, ça ne peut pas être aussi facile de se débarrasser de Psykokwak.

— Quoi!?

Ondine n'en croit pas ses oreilles. Comment Sacha peut-il plaisanter dans un moment pareil?

— Sacha! On n'arrêtera pas les recherches tant qu'on n'aura pas retrouvé Psykokwak!

— C'est nouveau, ça, dit Sacha. Depuis quand tu te préoccupes autant de Psykokwak?

— C'est une question d'amour, dit Jacky avec un petit sourire. Je crois que, secrètement, Psykokwak est ton Pokémon préféré!

— Tu plaisantes! répond Ondine avec mépris.

Au même moment, une fille dans une barque pagaie dans leur direction. Ses cheveux noirs hérissés sont coupés en frange sur le devant et attachés en une longue queue de cheval à l'arrière.

— Excusez-moi, est-ce que ce Pokémon est à vous? demande la fille.

Elle pointe un Tentacruel qui flotte près du bateau. L'un des tentacules du Pokémon Mollusque émerge

de l'eau. Enroulé au bout du tentacule se trouve un Psykokwak larmoyant.

– Psykokwak, souffle Ondine avec soulagement.

– *Psy-ko-kwak*, répond joyeusement le Pokémon en se collant contre la jambe d'Ondine.

La fille approche son embarcation, puis saute sur la plage.

– Je m'appelle Marina, dit-elle. Ton Psykokwak a dû tomber dans le lac. Je l'ai sauvé.

Marina attire l'attention d'Ondine sur la queue de Psykokwak. Ondine écarquille les yeux sous l'effet de la surprise. La queue de Psykokwak brille d'une lumière rose! Il la remue de gauche à droite.

– Je n'en suis pas certaine, mais à voir la façon dont brille la queue de ton Psykokwak, je dirais qu'il est sur le point d'évoluer, dit-elle.

– Il va évoluer? demande Sacha, l'air surpris.

Marina continue :

– Un Dresseur Pokémon m'a dit un jour que la queue d'un Psykokwak se met à briller d'une lumière rose comme celle-ci quand il est prêt à évoluer.

Ondine semble ravie.

– Alors comme ça, tu vas bientôt évoluer? demande-t-elle à Psykokwak.

– *Psy-ko-kwak...*

Comme d'habitude, le regard vide de Psykokwak ne laisse rien deviner.

– Si je me rappelle bien, l'évolution de Psykokwak est Akwakwak, dit Sacha.

Il sort son Pokédex.

– Akwakwak, Pokémon Canard. La forme évoluée de Psykokwak. Akwakwak est doté de puissantes palmes qui font de lui le nageur le plus rapide de tous les Pokémon, explique Dexter.

– Ouah, on dirait que l'évolution est à cent années-lumière de l'original, tu ne trouves pas, Ondine? demande Sacha.

Ondine et Marina répondent en même temps :

– Akwakwak est l'un de mes Pokémon préférés!

C'est alors qu'Ondine fait une découverte très intéressante. Marina est aussi une Dresseuse qui se spécialise dans les Pokémon de type Eau!!

– J'adore la façon dont les Pokémon de type Eau flottent et nagent et plongent et surfent et barbotent! dit Marina avec enthousiasme.

– Je te comprends parfaitement, dit Ondine. Ils sont géniaux!

– Il y a tout de même un truc que je ne comprends pas, dit Marina. Pourquoi ton Psykokwak ne sait-il pas nager?

Le visage d'Ondine vire au rouge. Derrière elle, elle entend Sacha et Jacky glousser. Elle se met à rire nerveusement.

– C'est un Psykokwak très particulier. Mais je serais prête à te l'échanger contre ton Tentacruel!

– Sans façon, répond Marina. Mais si tu veux, on pourrait faire un combat pour voir laquelle de nous deux est la meilleure Dresseuse!

10

Combat en eaux troubles

– Que dirais-tu d'un combat à trois contre trois? demande Marina.

– C'est d'accord! répond Ondine, prête à tout.

Jacky semble aussi intéressé.

– Ouah, un combat entre Pokémon de type Eau seulement! Il faut absolument que je fasse quelques croquis!

Près du rivage, il y a un endroit où d'énormes rochers émergent de l'eau. Ondine grimpe sur l'un d'eux, prête à affronter Marina.

L'autre Dresseuse grimpe également sur un rocher, quelques mètres plus loin. Ondine et elle se font face.

— Je veux remporter ce match, alors autant commencer avec un coup d'éclat. Tentacruel, je te choisis!

Ondine attrape une Poké Ball.

— De mon côté, je vais faire appel à la royauté des Pokémon aquatiques : Poissirène!

Un magnifique Pokémon de type Eau plonge gracieusement dans l'eau. C'est Poissirène, avec ses nageoires ondulantes, ses écailles brillantes orangées et blanches et sa corne sur le front.

— Tentacruel, Ligotage! commande Marina.

Son Pokémon Mollusque se propulse vers l'avant, ses redoutables tentacules prêts à frapper.

– Poissirène, utilise Hâte! ordonne Ondine.

Le Pokémon Poisson se précipite d'un côté, puis de l'autre, esquivant à chaque fois les tentacules de Tentacruel.

– Maintenant, utilise Koud'Korne! dit Ondine.

La corne sur le front de Poissirène se met à briller, et le Pokémon se lance sur Tentacruel.

– J'ai pratiquement déjà gagné! s'exclame Ondine.

– Ne parle pas trop vite, répond Marina. Tentacruel, utilise Dard-Venin!

L'un des tentacules touche Poissirène.

– Poissirène, non!

Ondine avertit son Pokémon trop tard. Poissirène ne peut pas encaisser l'attaque et rebondit dans l'eau près du rocher d'Ondine. Il ne peut plus combattre.

– À toi de jouer, Stari, dit Ondine.

Stari passe à l'attaque. Le joyau au centre de son corps brille d'une vive lumière rouge. Il projette une puissante pluie d'étoiles sur Tentacruel, qui se retrouve K.-O. Le Pokémon de Marina est trop fatigué pour continuer.

– C'est l'heure de faire appel à mon Pokémon le plus puissant, dit Marina.

Elle lance une Poké Ball, et le Pokémon qui en sort est... un Psykokwak!

– Il ne ressemble pas du tout au tien, Ondine, lui fait remarquer Sacha.

Le Psykokwak de Marina affiche un air déterminé.

Il se tient bien droit sur son rocher, puis il contracte ses ailes à la façon d'un culturiste. Son visage brille d'intelligence, et ses yeux n'ont rien de confus.

— Maintenant, tu vas voir à quel point un Psykokwak peut être efficace s'il est dressé correctement! dit Marina à Ondine.

— Stari, Pistolet à O! ordonne Ondine.

Stari vise le Psykokwak de Marina et projette un puissant jet d'eau.

— Psykokwak! Choc Mental! crie Marina.

Son Psykokwak utilise ses pouvoirs psychiques pour faire dévier le jet d'eau et le renvoyer vers Stari. Le Pokémon Étoile encaisse le coup de plein fouet, ce qui le met hors de combat.

— Pourquoi ne pas faire un combat Psykokwak contre Psykokwak? demande Marina à Ondine.

— Tu veux que nos Psykokwak s'affrontent?

Ondine sait qu'il n'en est pas question. Son Psykokwak lamentable n'a aucune chance contre le puissant Pokémon de Marina.

Jacky avance une idée :

— Un combat, c'est peut-être tout ce qu'il faut à ton Psykokwak pour déclencher son évolution, dit-il à Ondine.

— Si Psykokwak évolue, il va devenir Akwakwak! lance Ondine. Hé, Sacha, lance-moi la Poké Ball de

70

Psykokwak.

Mais puisque Sacha n'arrive à la trouver dans le sac à dos d'Ondine, elle lui demande de lui lancer le sac à dos au complet. *Splash!* Le sac à dos atterrit dans l'eau tout près du rocher d'Ondine.

Ondine pousse un soupir de frustration. Elle se penche et tire son sac de l'eau. C'est alors qu'un Pokémon sort de l'eau. Il ressemble à un canard, mais il n'est pas du tout rond et empâté comme Psykokwak. C'est un Pokémon grand, élancé et élégant, avec un plumage bleu foncé. Un joyau rose scintille sur son front.

– C'est Akwakwak, dit Sacha. Psykokwak a évolué!

– C'est génial! Tu y es arrivé! Je n'arrive pas à croire que tu es mon Pokémon! s'exclame Ondine en faisant un énorme câlin à Akwakwak.

– Qu'il est mignon! dit Marina d'une voix enchantée. Je n'ai jamais vu un Akwakwak aussi beau!

Ondine et Marina se préparent à reprendre le combat. À présent, Psykokwak doit affronter Akwakwak.

– Choc Mental! lance Marina.

Son Psykokwak utilise ses pouvoirs pour provoquer un raz-de-marée!

– Tu peux surfer sur cette vague! s'écrie Ondine.

À son plus grand ravissement, Akwakwak lui *obéit!* Il glisse sur la vague à la façon d'un surfeur.

Tout à coup, la vague se transforme en tourbillon.

– Akwakwak, éloigne-toi, vite! lui crie Ondine.

Le Pokémon bleu tournoie et tournoie encore. Il est pratiquement aspiré sous l'eau.

– Psykokwak, c'est toi qui as fait ça? demande Marina à son Pokémon.

Les yeux de Psykokwak sont écarquillés. Il fait signe que non.

– Regardez, qu'est-ce que c'est?! s'écrie Ondine.

Un énorme Pokémon de type Eau, un Magicarpe, émerge du tourbillon. Cependant, il ne s'agit pas vraiment d'un Magicarpe, c'est un sous-marin!

– La Team Rocket! crie Sacha.

Le sous-marin fait une embardée et s'écrase sur les rochers. Ondine et les autres en profitent pour fuir! Ils se précipitent pour se mettre à l'abri sous les palmiers.

Ondine baisse les yeux et aperçoit son Akwakwak sautiller d'un rocher à l'autre. Elle pousse un soupir, soulagée.

Malheureusement, son soulagement est de courte durée. Un énorme filet de pêche est accroché à l'avant du sous-marin de la Team Rocket, et deux Pokémon se trouvent pris à l'intérieur. La Team Rocket a capturé le Tentacruel et le Psykokwak de Marina!

À la rescousse des Pokémon!

– Ne t'inquiète pas, dit Ondine à Marina. Nous allons récupérer tes Pokémon.

Marina envoie son Staross pour secourir les Pokémon, et Ondine envoie Akwakwak. Le Pokémon nage rapidement jusqu'aux rochers et se hisse sur l'un d'eux. Il se positionne face au sous-marin, puis lève un doigt qui se met à briller. Il déchaîne son attaque Choc Mental!

Du bout de son doigt, Akwakwak projette un rayon de lumière bleue en direction du sous-marin. Le sous-marin est soulevé et projeté dans les airs, puis il s'échoue sur la plage, près d'Ondine et des

autres.

Jessie, James et Miaouss en sortent en rampant, l'air misérable. Malgré tout, Tentacruel et Psykokwak sont toujours prisonniers du filet de pêche accroché à l'avant du sous-marin.

Marina confronte la Team Rocket.

– Hé, rendez-moi mon Psykokwak et mon Tentacruel! s'exclame-t-elle.

– Pas un pas de plus! avertit Jessie.

– Vous feriez mieux de nous rendre les Pokémon, dit Ondine.

Jessie ricane méchamment.

– Nous vous les rendrons... en échange de

Pikachu!

– *Pika!* dit Pikachu, l'air choqué.

– Pas question que je vous donne Pikachu, dit Sacha.

– *Pika, pika.*

Pikachu se prépare à utiliser son attaque Éclair. Il contracte ses muscles, puis dresse sa queue en forme d'éclair.

– Attends, Pikachu, dit Sacha. Si tu attaques la Team Rocket, tu risques d'électrocuter Tentacruel et Psykokwak du même coup!

La Team Rocket s'esclaffe d'une joie malsaine.

– J'ai l'impression que vous n'avez pas d'autre choix, dit James.

– C'est un excellent marché, ajoute Jessie. Deux Pokémon pour un seul Pikachu!

– Tentacruel, Psykokwak! crie Marina. Vous devez essayer de sortir du filet!

Tentacruel et Psykokwak se débattent, sans résultat. Le combat les a épuisés, et ils sont trop faibles pour se libérer.

– Je vais devoir les libérer moi-même, s'exclame Marina.

Elle court en direction du filet.

– Comme si on allait te laisser faire! Arbok, à l'attaque! Règle-lui son cas!

Jessie lance une Poké Ball, et Arbok apparaît. Le Pokémon Cobra se dresse au-dessus de Marina, l'air menaçant. Il est prêt à attaquer. Marina pousse un cri de terreur. Tout à coup, Arbok est frappé par un puissant jet d'eau qui l'éloigne de Marina.

C'est Akwakwak! Le Pokémon bleu s'est approché par derrière de la Team Rocket!

La Team Rocket se retourne.

– C'est notre chance, dit Miaouss. Il faut qu'on attrape ce truc!

– Arbok, utilise Dard-Venin! ordonne Jessie.

Arbok n'a même pas le temps d'obéir qu'il est frappé par des rayons dorés émanant du joyau sur

le front d'Akwakwak. C'est son attaque Ultralaser! Le Pokémon mauve est propulsé dans les airs et s'envole, seul, vers d'autres cieux.

Akwakwak tourne son attention vers Jessie, James et Miaouss et utilise à nouveau Ultralaser. L'attaque envoie le trio rejoindre Arbok!

— Enfin! s'exclame Sacha. Je commençais à en avoir assez d'eux!

Akwakwak soulève le filet de la Team Rocket et libère le Tentacruel et le Psykokwak de Marina. Ondine se jette au cou de son Akwakwak.

— Akwakwak, tu as sauvé les Pokémon de Marina. Tu es incroyable! Tu es le meilleur! lui dit-elle.

Marina aussi lui est très reconnaissante.

— Merci, Ondine! Merci, Akwakwak! dit-elle, tout émue.

Ondine et Marina ont eu bien assez d'émotion pour une seule journée... Mais elles ont encore un combat à terminer!

Marina choisit d'envoyer son Staross contre l'Akwakwak d'Ondine. Le joyau au centre du corps de Staross se met à briller et propulse un projectile de verre à cinq côtés en direction d'Akwakwak.

Akwakwak n'hésite pas une seconde. Il lance une attaque Ultralaser au missile de verre. L'attaque pulvérise l'autre projectile, et l'explosion atteint même

Staross. Le Pokémon Étoile est hors combat!

— Tu as réussi, Ondine! lui lance Sacha. Tu as gagné le combat!

Marina félicite Ondine.

— Tu es une excellente Dresseuse de Pokémon de type Eau!

— Merci, Marina. Mais j'ai eu beaucoup de chance que Psykokwak évolue au bon moment. Sans Akwakwak, je crois que tu aurais gagné!

Ondine sort la Poké Ball d'Akwakwak. C'est le moment pour lui de se reposer. La Poké Ball brille.

— *Psy-ko...*

La Poké Ball s'ouvre, et le Psykokwak d'Ondine en sort! Il bâille. Il s'étire. Il se tient la tête. On dirait qu'il vient de se réveiller d'une longue sieste!

— Mais... mon Psykokwak a évolué! se lamente Ondine.

Au même moment, un groupe d'adolescentes passent près d'eux sur la plage. Elles attirent l'attention d'Akwakwak, et il se précipite vers elles. Il bondit autour d'elles pour leur montrer ses muscles.

— Alors ce n'était pas ton Akwakwak, dit Marina à Ondine. Ce Pokémon aime seulement frimer... devant les Dresseuses!

— C'est une version Pokémon de Pierre, dit Ondine au bord des larmes.

Puis une pensée réconfortante lui vient à l'esprit.

– Peut-être que j'aurai bientôt un Akwakwak quand même. Tu as dit que la queue d'un Psykokwak brillait quand il est sur le point d'évoluer.

Marina affiche un air contrit. Manifestement, elle sait qu'elle a eu tort. Ondine est désespérée.

– Tu devrais te réjouir, Ondine, la rassure Marina. Tu as la preuve que tu es une merveilleuse Dresseuse de Pokémon de type Eau. Tu as réussi à remporter le combat avec un Pokémon sauvage sous sa forme évoluée sans même le capturer!

– Tu le crois vraiment? demande Ondine.

– Bien sûr! répond Marina.

Jacky et Sacha approuvent également. Ondine avait accompli un exploit remarquable. Il n'y a qu'un seul problème.

– Mais puisque ce n'était pas ton Psykokwak, le combat ne compte pas, dit Sacha.

Ondine hoquette d'horreur. Dans un accès de colère, elle prend sa tête entre ses mains et n'arrive plus à tenir en place. Encore une fois, une aventure avec Psykokwak se termine sur un énorme mal de tête!

Psykokwak à jamais

Retournons dans les bois où Ondine continue de cueillir des fruits en songeant à son Psykokwak. *Psykokwak et moi avons vécu beaucoup d'aventures ensemble,* se dit-elle. Bien sûr, son Pokémon s'est révélé plus nuisible qu'autre chose une bonne partie du temps. Mais il a également agi en héros. Malgré ses nombreuses, très nombreuses erreurs, Psykokwak fait preuve d'une loyauté inébranlable envers Ondine.

Ces pensées trottent toujours dans la tête d'Ondine lorsqu'elle retourne à la clairière, les bras chargés de fruits. Sacha et Pierre ont déjà fini d'installer le camp, et ils se reposent près du ruisseau. Ondine s'assoit à côté de Sacha.

– Ça va, Ondine? demande Sacha.

– Oh, oui. Je pensais seulement à Psykokwak, dit Ondine.

– Tu lui en veux encore? demande Sacha.

– C'est vrai que Psykokwak peut être embêtant, dit Ondine. Mais je crois que tu as raison, Sacha. Psykokwak et moi avons vraiment vécu *beaucoup* de choses ensemble.

– Ça, tu peux le dire, dit Sacha.

– Hé, Psykokwak!

Ondine appelle le Pokémon aux plumes orange qui s'amuse joyeusement avec Pikachu et Togepi.

– *Psykokwak*, cancane le Pokémon.

– Te rappelles-tu la fois où j'ai cru que tu avais évolué en Akwakwak?

Comme d'habitude, Psykokwak ne semble pas comprendre. Il se tient la tête.

– *Psy-ko-kwak*, gémit-il.

– Ça m'aurait étonnée, lui dit Ondine. Tu as fait la sieste dans ta Poké Ball presque tout le temps où Akwakwak a été avec nous.

– *Psykokwak*.

Soudainement, Psykokwak semble se souvenir d'Akwakwak. Il lève ses ailes au-dessus de sa tête pour imiter la pose de culturiste d'Akwakwak. Puis il essaie de se déplacer comme lui, mais ne réussit qu'à trébucher sur une pierre. Il tombe sur le dos.

– *Psy-ko-kwak.*

Ondine aide le Pokémon à se relever, puis elle lui fait un gros câlin.

– Oh, Psykokwak! dit-elle. Même si tu me tombes parfois sur les nerfs, je ne t'échangerais pour rien au monde!

Bientôt...

Éclair à l'Arène de Pomelo

C'est le moment! Sacha Ketchum a gagné combat après combat, et son heure de gloire approche. Grâce à Pikachu et Dracaufeu, Sacha a remporté le dernier Badge de la Ligue Orange. À présent, il est prêt à affronter le Maître de la Ligue afin de remporter le trophée du vainqueur. Mais il doit d'abord surmonter un dernier obstacle : un puissant Dracolosse. Le Pikachu de Sacha sera-t-il assez fort pour terrasser ce dragon?

Ne manque pas le plus grand combat de Sacha à ce jour!